# 鬥嘴一班 ㉓
# 時間魔法師

卓瑩 著

U0106286

新雅文化事業有限公司
www.sunya.com.hk

# 人物介紹

## 高立民

班裏的高材生，為人熱心、孝順，身高是他的致命傷。

## 文樂心

（小辮子）

開朗熱情，好奇心強，但有點粗心大意，經常烏龍百出。

## 江小柔

文靜溫柔，善解人意，非常擅長繪畫。

## 胡直

籃球隊隊員，運動健將，只是學習成績總是不太好。

**黃子祺**

為人多嘴，愛搞怪，是讓人又愛又恨的搗蛋鬼。

**周志明**

個性機靈，觀察力強，但為人調皮，容易闖禍。

**吳慧珠**（珠珠）

個性豁達單純，是班裏的開心果，吃是她最愛的事。

**謝海詩**（海獅）

聰明伶俐，愛表現自己，是個好勝心強的小女皇。

 第一章　越級挑戰

此刻已是夕陽西下的時候，放學
後的校園一片靜寂。

　然而，在四樓的室內運動場內，
仍然非常熱鬧，一羣穿着運動服的籃
球隊員，正在進行激烈的籃球訓練。

　　胡直敏捷地轉身，從一位球員
手上奪過籃球，再把球往前鋒位置拋

去。一個高大的身影平
地躍起，把球接過後，
再以極快的身手繞過其

他隊員，將籃球直接射向籃
球架。

　　「啪」的一聲，籃球穿
過籃框落回地面。

　　這個身影，就是籃球隊
隊長李子洋。

8

「他的身手真靈活啊！」胡直一臉羨慕。

就在這時，一聲響亮的哨

子聲破空而出，把所有人的動作都喊停了。

籃球隊教練麥老師把大家召到跟前，微笑着說：「兩個月後便是一年一度的聯校籃球賽，我會於下星期五安

排選拔賽，從你們當中選出十二位代表，你們想參加比賽的話，就要加倍練習啊！」

今年才加入籃球隊，便有機會參加聯賽，胡直興奮不已，第二天回到教室，便迫不及待地告訴好友高立民：「我終於有機會參加籃球聯賽了，而且這次比賽還會在我們學校舉行呢！」

高立民期待地說：「太好了，參與聯賽的隊伍都是高手，這次比賽必定會很精彩呢！」

經高立民這麼一說，胡直頓時

有些洩氣地道：「對啊，我們球隊裏大多都是高年級的學長，一個個都長得人高馬大、身經百戰，這次的選拔賽，無疑就是越級挑戰，我憑什麼能突圍而出呢！」

高立民搖搖頭道：「你怎麼只長他人志氣啊？你的能力也不弱，不然如何進得了球隊？更何況⋯⋯」

他頓了頓，對胡直一擠眼睛道：「你還有我這個老拍檔呢！」

第二天早上，高立民一見到胡直，便拉着他直往室內運動場走去。只可惜他們來到時，場內早已有其他隊員在練習了。

當中一位身材健碩，留着一頭鬈髮的隊員走過來，揚了揚手上的籃球道：「小師弟，真不好意思，我們已預先訂了場地，你們下次再來吧！」

　　胡直認得他，他是隊長李子洋的同學區振威。

　　李子洋是校內出了名的小霸王，再加上又是六年級的學長，胡直不免對他有些忌憚，只好無奈地說：「那我們下次再來好了。」

　　高立民探頭看了場內一眼，見他們一共就只有三個人，卻霸佔了整個運動場，心中有些不忿，忍不住跟

區振威商量道：「你們人不多，可不可以讓出半個場來，給我們練練投籃呢？」

區振威臉色一沉，一副拒人於千里的樣子說：「對不起，我們要練習運球和搶球，必須走遍全場，不能外借！」

就在這時，身後傳來「啪啪」的拍球聲，一把帶着幾分嘲弄的聲音笑道：「外借也可以，只要你們能從我手中搶到球，我便分一半場地給你們，怎麼樣？」

噢，原來是李子洋！

本已轉身預備離開的胡直，被他的說話激起了鬥志，飛快地與高立民對望了一眼後，便爽快地答道：「好，一言為定！」

　　李子洋也不再多言，只用力拍一

拍籃球，便迅速運起球來，惹得高立民和胡直一陣熱血沸騰，毫不猶疑地撲上前去。

　　早有防範的李子洋，自然不會輕易讓他們得逞，立即閃身躲開，三人一下子鬥得難分難解。

　　李子洋果然不愧是隊長，身形既高大，身

手又敏捷，被他們一左一右地夾攻，仍能堅守陣地。

然而，百密總會有一疏。

就在李子洋轉身的瞬間，胡直暗中反過身來，從另一個方向偷襲，竟然讓他突襲成功，把李子洋手上的籃球一把拍掉。

李子洋怎麼也沒預料到，胡直居然能從他手上奪過球來！

他呆了呆，而胡直便趁着這短短的一秒鐘，將籃球搶到手來，然後一口氣運球上籃，把籃球送進籃框裏。

高立民得意地向胡直揚眉，交換

了一個勝利的微笑。

　　如此出人意表的一幕，不但李子
洋感到意外，就連在旁觀戰的其他隊
員，也不禁目瞪口呆。

雖然李子洋平日是有些蠻不講理，但他並沒有食言，還落落大方地笑道：「好，我既然答應了，便必定會遵守諾言，我就把半個籃球場讓給你們吧！」

「謝謝隊長！」胡直喜出望外。

有了李子洋的准許，胡直和高立民不但可以在運動場內練習，而且還能不時跟這幾位同場的學長來一場友誼賽，互相切磋球技。雖然只是短短一個星期，已經令胡直得益不少。

時間匆匆，轉眼間便到了選拔賽當天。

麥老師待大家都齊集後，便開始宣布道：「今天的選拔賽，要求大家運球上籃，每人限時三分鐘。投球最多的十二位同學，便可成為是次聯賽的代表隊員。」

站在胡直旁邊的區振威，向他

揚一揚眉問：「如何？有信心可以入圍嗎？」

在過去的一星期裏，胡直一直苦苦練習運球和投球，技巧已經熟練了很多，於是他彎起嘴角，信心十足地笑道：「我可是籃板殺手呢，投球又怎麼能難倒我？」

「是嗎？那麼我拭目以待啊！」區振威輕笑一聲。

結果，胡直幾乎是百發百中，順利入選成為十二位代表隊員之一。

大家對胡直的出色表現讚不絕口，就連李子洋也對他刮目相看，一拍他的肩膀讚道：「小師弟，你果然有些實力啊！」

胡直臉上一紅，連連擺着手笑道：「跟隊長比起來，我的水平還差得遠呢！」

嘴裏雖然是這樣説，心中卻是欣喜若狂，隔天回到學校後，便急忙拉

着高立民報喜道：「我入圍了呢！」

「唷！」高立民歡呼一聲，擠眉
弄眼地笑說：「全靠有我陪你練習，
你才有這樣的好成績呢！你打算怎麼
答謝我啊？」

胡直呵呵一笑道：「待會兒放

學後，我請你到快餐店吃漢堡包和薯條，如何？」

「這還差不多！」高立民滿意地點頭。

然而，胡直的笑容維持不到半天，便旋即被一陣愁雲慘霧所掩蓋。

原來今天是派發測驗卷的日子，可惜這次的測驗，很多同學的表現也不是太理想。

　　文樂心一臉愁容地捧着測驗卷，唉聲歎氣地說：「為什麼無論我怎麼努力，我的成績也沒有半點起色？難道我真的特別笨嗎？」

吳慧珠則雙手掩着眼睛，向她的鄰桌江小柔請求道：「小柔，我不敢看，不如你來幫我看吧！」

江小柔順應她的要求，看了一眼她的測驗卷後，柔聲地安慰道：「別緊張，其實也還好的。」

真的？

「真的？」珠珠微微挪開兩根指頭，瞇着眼睛從指縫間偷看。

當她看到測驗卷上那豆大的紅色數字時，臉色立即變了，沮喪萬分地道：「老師不是經常說『一分耕耘，一分收穫』嗎？這次我分明已經很用功，為什麼卻一點收穫都沒有？」

坐在後面的高立民，忍不住插嘴道：「這要看你是怎樣耕耘吧？不過依我看，你每天的耕耘，就是吃東西吧？所以你的收穫，應該是體重才對吧？哈哈！」

珠珠回頭狠狠地瞪了他一眼，

生氣地罵道：「你這個幸災樂禍的傢伙！」

　　至於胡直的情況嘛，那就更是慘不忍睹，各科的成績都退步了，中文科更是拿了個可怕的不合格分數。

　　看着眼前幾份觸目驚心的考卷，胡直只感到背脊一陣發涼，心想：「糟了，這樣的成績，我應該怎麼跟媽媽交待啊！」

　　高立民連忙安慰道：「每個人都有自己的長處，你的成績雖然不是很理想，但你的籃球打得很好啊！」

　　「可惜籃球打得再好，也不能

代替考試啊！」胡直把考卷往桌上一放，紅着眼眶道：「媽媽見我的成績一直停滯不前，早已有些擔憂。這次的測驗，她是特意抽空陪我一起溫習的。如果她得知我的成績不進反退，必定會很難過呢！」

##  第三章　成績也能買嗎？

胡直猜想得沒錯，當胡媽媽看過胡直那些測驗卷後，臉色立即一沉，但她並未有怪責胡直，只是一言不發地回到睡房裏去。

胡直見媽媽一聲不吭，心中更是

惶惑不安，不停在她的睡房門外徘徊，
遲疑着是否應該主動跟媽媽道歉。

　　就在這時，睡房的門開了。

　　胡媽媽拉着胡直來到沙發坐下，
神情略帶嚴肅地說：「阿直，你以後
也要面對呈分試，但以你現在的成
績，我擔心到時候你能否趕得上學校

的進度。所以，我在考慮為你找一個補習班，好不好？」

胡直自然是不情願的，但無奈自己的成績確實不理想，媽媽的擔心亦是合情合理，他想不出反對的理由。更何況，自己的成績不好，他也於心有愧，只好乖順地答應道：「媽媽，對不起，我下次一定會好好努力的。」

胡媽媽安慰地笑道：「好的，那麼你要好好加油，不要讓我失望啊！」

到了晚上臨睡前，當胡直經過走

廊，預備到洗手間梳洗的時候，卻無意間聽到媽媽在睡房裏，跟爸爸低聲地商量道：「如果白天我找一份接待員的工作，你覺得如何？」

「不好！」胡爸爸不假思索地否

決了，「你在外面忙了一整天，回家後還得照顧家庭和孩子，太勞累了！如果真的缺錢，倒不如我再多接幾項維修工作就是了！」

胡媽媽輕輕一笑道：「我知道你

怕我辛苦，但其實接待員的工作很輕鬆，不外就是接接電話、端端茶水，不會太辛苦的。倒是你的工作要消耗不少體力，可不能長時間工作。」

「但長此下去，你必定會吃不消的！況且，我們也不能把孩子一個人丟在家裏不管啊！」胡爸爸沉思了好一會，「再不然，我們從日常開銷上扣減吧！補習費的數目雖然不少，但還未到無法應付的地步，只要東減減、西扣扣，我相信無論如何也總能湊齊的。」

「嗯。」胡媽媽答應了一聲，

「待我再想想，也許能找到更好的辦法！」

「原來他們是在為我的補習費而煩惱呢！」胡直心頭一緊，重重的罪惡感一下子在他心裏蔓延開來。

他從來沒想過一個補習班的費用，會是如此高昂的。這豈不是等於是用錢來「買」成績嗎？更何況，這樣做是否就真能把成績買回來，也還是未知之數呢！

忽然間，他感到一種無形的力量，正沉沉地往他身上壓下來。他很想立刻衝上前，告訴他們自己有能力

應付考試，請他們不必操心。

　　然而，這種連他自己都沒把握的事情，教他如何說服他們呢？

　　他躺在牀上，呆呆地瞪着天花板，腦海裏的思路千迴百轉，嘗試找出一個比上補習班更好的解決方法，卻始終毫無頭緒。

　　徹夜無眠的胡直，只好睜着一雙熊貓眼睛上學去。

　　不過，當他跨進校門後，卻沒有像平日那樣回到教室，而是直往位於操場旁邊的教員室走去。

## 第四章　我要當王者

　　這天中午時分，當大家正在享用着熱騰騰的午餐時，忽然聽到教室門外有人粗聲粗氣地大喊：「胡直，你出來！」把所有人都嚇了一跳。

胡直趕緊抬頭一望，原來是隊長李子洋！

　　「他來找我幹什麼？」胡直見李子洋一臉怒容，頓時感到有些不安，只好趕緊走上前問道：「隊長，你找我有事嗎？」

李子洋一見到他，便氣呼呼地把他拉到走廊一角，張口就問道：「是誰允許你退出籃球隊的？」

「哦，你知道了？」胡直一臉詫異，他沒想到李子洋的消息會如此靈通，自己今早才剛跟麥老師提出，中午李子洋便已經找來了。

李子洋只輕輕地「嗯」了一聲，又接着追問道：「你不是喜歡打籃球嗎？好端端的為

什麼要輕易放棄？難道你不知道這次的機會有多難得嗎？」

胡直臉色一沉地說：「我當然知道。其實我也不想放棄，但無奈功課壓力太大，我不得不多放些時間在學習上。」

李子洋交叉着

雙手，抿着嘴冷笑道：「我們隊裏的成員，大多都是要面對呈分試的五、六年級學生，誰的功課壓力不比你沉重？我們都可以參加籃球集訓，為什麼就單單你不行？」

「我的成績向來不好，只能將勤補拙，否則我恐怕連升班也有困難呢！」胡直嘗試向他解釋。

然而，李子洋一點也不理會胡直的解釋，「這些我不管！我只知道當初你既然決定參賽，就應該堅持到底，你怎麼能如此不負責任地說走就走？」

雖然李子洋的話很有道理，但他這種咄咄逼人的態度，卻不免令胡直有些反感，忍不住忿忿地反駁道：「參賽與否是我的自由，我總不能為了區區一個比賽，便連自己的成績也不管不顧吧？」

他的話無疑是火上加油，脾氣本來就不好的李子洋，霎時被他氣得臉紅脖子粗，緊握着一雙拳頭，像隨時都要發怒的樣子。

李子洋本來就長得高大，平日說話又是兇巴巴的不饒人，高立民、文樂心、江小柔等同學都擔心胡直會吃

虧，連忙上前喝止：「喂，李子洋，
你想欺負同學嗎？」

李子洋回頭狠狠地盯着他們，冷

冷地道：「我什麼時候欺負他了？」

　　「你們聚在這兒幹什麼？發生什麼事了嗎？」背後傳來徐老師的聲音。

　　李子洋和胡直聽到徐老師來了，自然也不敢妄動，看似一觸即發的衝突，總算緩和下來。

得知二人爭執的原因後，徐老師先是瞪了他們一眼，然後生氣地訓斥道：「同學之間，有什麼矛盾不能好好溝通解決？」

胡直和李子洋都心虛地低着頭，

低聲地說：「徐老師，對不起。」

　　徐老師見他們知錯了，才話鋒一轉，一臉理解地對胡直說：「我很明白你的處境。不過，放棄誰不會？遇到困難的時候，要敢於面對才是王者的風範啊！你想當王者，還是逃兵？」

胡直想也不想便答：「當然是王者！」

她點了點頭道：「這樣吧，為免你日後會後悔，你可願意先讓我來幫你一把，看看能否扭轉乾坤？」

「真的？」胡直頓時喜出望外。

「但有一個條件，就是你要完全配合我的安排，否則便難有成效！」徐老師補充道。

「沒問題！」胡直連忙答應。

# 第五章

難為了高材生

　　數天後的一個早上，徐老師派發了一張工作紙給大家，並朗聲地解說道：「這次的測驗成績，大家都有明顯的退步。為了更了解大家的學習情況，請你們回家後，把自己的起居作息，如實地記錄在這張作息表中，希望能藉此找出問題所在，幫助大家改善學習的效率，縮減學習的時間。」

　　可以縮減學習時間，是每位同學最大的心願，大家當然連聲表示贊同。

　　文樂心見工作紙上所列的項目，

連吃飯和洗澡也包括在內，不禁疑惑地舉手問道：「徐老師，看卡通片的時間，是不是也要寫下來？」

「當然了！我會參考你們的日程，協助你們編排一個切合自己需要的作息表，如果資料不夠詳盡，就會不準確了啊！」徐老師說完後，還對大家眨一眨眼睛，淘氣地笑道：「放心，這些資料我只會用作分析之用，

保證不會讓第三者知道啊！」

「咦，聽起來挺有趣呢！」大家覺得很好玩的，於是回到家後，便把自己的起居作息詳細地記錄下來。

第二天早上回到學校，文樂心好奇地問江小柔：「你的作息表寫了什麼？」

江小柔有點害羞地說：「不如我們交換看吧！」

文樂心一看小柔的作息表，便忍不住驚呼出聲：「嘩，原來你每天都要花四個小時溫習啊？」

高立民大感詫異地道：「這麼說

來，除了吃飯和洗澡的時間，你豈不
是連休息的時間都沒有？」

　　江小柔鼓起腮幫子，無奈地道：
「沒辦法，除了應付功課，我還要上
補習班、繪畫班和管弦樂團，每天的
時間幾乎都填滿了。」

「小柔，我們真是同病相憐啊！」

謝海詩揚了揚自己的作息表，搖頭歎

息道：「我幾乎每科都有獨立的家庭

老師，每星期還要去舞蹈班和管弦樂

團，連星期六、日也排得滿滿呢！」

　　吳慧珠不禁驚訝，連連搖頭道：

「高材生真不好當啊！」

　　正當大家聊得起勁，黃子祺忽然
把頭伸過來，偷瞄了文樂心的作息表
一眼，便哈哈大笑道：「小辮子，怎
麼你洗澡竟然要花
一個小時，你是
在浴室裏游泳
嗎？」

文樂心頓時漲紅了臉，急忙地把作息表往身後一收，既尷尬又生氣地罵道：「黃子祺，你怎麼能偷看別人的私隱？這樣太缺德了！」

黃子祺一臉不以為意地笑道：「不過就是作息表嘛，誰也離不開吃飯、洗澡、睡覺，有什麼私隱不私隱的？再不然，我也給你看看我的作息表好了！」

59

他說到做到，立刻揚起手來，大方地把自己的作息表遞到她的眼前。

文樂心賭氣地別過臉去，不屑地道：「誰稀罕看你的作息表！」

她不願意看，其他同學卻不客氣地一擁而上。

高立民拿着黃子祺的作息表，一邊看，一邊搖頭道：「除了做功課，就只顧吃喝玩樂，難道你都不用溫習嗎？」

「嘩，好厲害！你是怎麼做到的，快教教我啊！」周志明起勁地搖着黃子祺的手臂。

謝海詩抿一抿嘴角，冷笑道：「這還不簡單？只要你不介意每科都拿零分，你隨時都可以做得到啊！」

「當然不能這樣！」一把聲音忽然傳過來。

大家吃了一驚，原來徐老師不知何時已經來到教室了！

徐老師環視了大家一眼，對同學的情況早已心中有數，說：「經過這次填寫作息表的活動，相信大家都不難發現，有些同學把時間都花在吃喝玩樂上，而有些同學則只顧學習，缺乏運動和休息。所以，你們的作息表

都不合格，必須重新編排。」

經徐老師這麼一說，胡直低頭回看自己的作息表，頓時恍然大悟。

對啊！他每天回家後，習慣了先吃零食和休息，中途又會停下來看心愛的卡通片，之後溫習不了多久，便是洗澡、吃晚飯的時候，一天也就這樣過去了。現在算起來，自己能真正坐下來溫習的時間，的確少之

又少。

　　徐老師語氣一頓，才又點點頭道：「其實玩樂並非壞事，用功讀書更是值得嘉許，但兩者必須取得平衡，才能保持身心健康。你們想玩樂之餘，又能兼顧學業嗎？」

　　「當然想！」同學們異口同聲地回答。

　　「很好！」徐老師笑着點點頭，「那麼，請你們按實際需要，重新編排自己的作息時間表，將溫習、

運動及休息三項平均分配，然後嚴格遵守。你們能做得到嗎？」

「當然可以！」高立民和胡直率先答應，其他同學亦相繼和應。

只有黃子祺掛着一張苦瓜臉，托

着頭喃喃地道：「我情願多做兩樣功課，也不要做運動啊！」

「真的？」鄰桌的周志明一聽，馬上把桌上的作業簿，往黃子祺的桌子一推，樂呵呵地說：「那我的功課就拜託你了！」

黃子祺笑眯眯地一口答應，「行，那麼我的運動，就換你來替我完成吧！」

周志明慌忙把作業簿搶回來，裝出笑臉道：「自己的事，還是自己做的好！」

## 第六章　寓學習於娛樂

　　既然大家答應配合，徐老師便落實執行，除了協助同學們重新編排作息時間表外，還於每天放學前，將原本用作處理班務的導修課，改為自修課，讓大家爭取在校內完成功課，以縮減他們在家做功課的時間，減輕功課壓力。

　　在第一天自修課，徐老師向大家提議道：「除了做功課外，我想邀請同學們以兩人為一組，輪流將前一天所學的內容，自行設計一個遊戲，以

加深大家對課文的理解和記憶。在遊戲的過程中，你們可累積分數，到學期完結時，得分最高者將會獲得神秘大獎啊！」

既可以玩遊戲，又可以學習，還有機會獲獎，同學們自然無任歡迎，立刻積極地自行組隊，更主動提出要負責主持活動。

徐老師見大家如此踴躍，微微揚手道：「為了公平起見，每天的客席小老師，就按學號的先後次序來分配。不過，由於今天是第一天，我便先邀請我們這次測驗的『狀元』謝海

詩來擔任吧！」

　　吳慧珠趕緊搶着喊：「海詩，我要跟你搭檔！」

　　謝海詩向她眨一眨眼睛，挑戰地笑着問：「你能跟得上我的節奏嗎？」

　　「當然了！」吳慧珠不假思索地回答。

　　「好！」謝海詩點點頭，從容地取出各科的課本，從老師剛教完的課文中，抽取一些難度較高的內容作提

問，再交由吳慧珠
將問題寫在一張張
的卡紙上，然後放
進紙箱中。

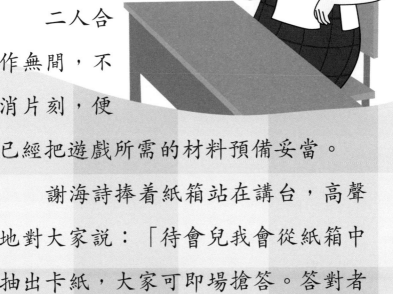

　　二人合
作無間，不
消片刻，便
已經把遊戲所需的材料預備妥當。

　　謝海詩捧着紙箱站在講台，高聲
地對大家說：「待會兒我會從紙箱中
抽出卡紙，大家可即場搶答。答對者
可得兩分，答錯則會倒扣一分，其他
同學如補答成功可得一分。」

　　遊戲即將開始，大家頓時緊張起來，一個個都豎起耳朵，蓄勢待發。

　　謝海詩待大家準備就緒後，才緩緩地抽出第一張卡紙，朗聲讀出問題：「請問，水的三種特性是什麼？」

她的話還沒說完，已經有很多人舉手，徐老師點選了周志明作答。

周志明心中暗叫不好。其實他只是跟著別人起哄而已，沒想過偏偏會被選中，只好隨口說道：「水的特性

嘛，當然就是能喝啊！」

此話一出，大家霎時笑得前仰後合。

同學們見他答不上，自然不會放過機會，立刻爭相搶答，而最終機會落在馮家偉身上。

「水的特性是無色、無味和⋯⋯和⋯⋯」馮家偉一時想不起來，頓時急得臉都紅了。

「我知道！」胡直

被他這麼
一提醒，
倒是想出
了答案，
立刻舉手
搶答道：「水
會流動，是流動性！」

　　謝海詩一臉大公無私地點點頭道：「馮家偉和胡直各答對一半，所以各得一半分數！」

　　「耶！」胡直高興極了！

　　經過這樣的熱身活動後，同學們的興致更高，搶答遊戲也就變得更激

烈了。

　　第二天的客席老師，是文樂心和江小柔。

　　她們把早已預備好的卡紙，一張張地貼在黑板上。每張卡紙上，都繪畫了不同的水果圖案，並在圖案下方標明售價。

　　文樂心站在講台上，煞有介事地道：「為慶祝我們的水果店開幕，特意為大家預備了幾道數學題目，當題目讀出後，大家可即時提筆運算，以最快完成又答對的人為勝！」

　　江小柔揚了揚手上的一個蘋果，

笑眯眯地補充道：「優勝者還可以獲贈特大蘋果一個啊！」

對數學最有把握的胡直，呵呵一笑道：「數學又怎會難得倒我？這個蘋果的得主一定非我莫屬！」

結果，胡直得分最高，成功獲得蘋果作獎勵。

胡直捧着蘋果一路跑回家，回家後把蘋果拿到胡媽媽的面前，驕傲地說：「媽媽，這是我在問答遊戲中獲得的獎品，送給你！」

「哦，我的兒子真了不起！」胡媽媽十分驚喜。

得到媽媽的讚許，胡直更是眉飛色舞，興奮地繼續説：「你知道這些遊戲有多奇妙嗎？雖然我們每天就只玩幾道題，但那些我無論如何也記不住的內容，卻不知怎的全都跑進腦裏

了，即使回家後沒有溫習，隔天起牀時，也能記憶猶新呢，你説神奇不神奇？」

「真有這麼厲害？那麼，老師教的課文，你全都弄懂了嗎？」胡媽媽半信半疑地問。

「雖然還會有不明白的地方，但徐老師會為有需要的同學安排特別輔導，我也參加了呢！」胡直拍一拍胸口，語氣堅定地説：「所以，媽媽你大可放心，這次考試，保證沒問題！」

胡媽媽見胡直如此懂事，總算暫時安下心來。

# 第七章

# 一分耕耘，一分收穫

在徐老師的悉心安排下，胡直在學習方面有了很大的進步，令他有信心繼續參與籃球隊的聯賽訓練。

麥老師和隊員們見胡直能如期參與集訓，當然十分高興，紛紛上前歡迎他。

麥老師欣慰地點點頭道：「既然回來了，就要好好練習，不要浪費了大好的機會啊！」

胡直一挺身子，做出敬禮的手勢道：「遵命！」

麥老師考慮到胡直要兼顧學習和訓練，唯恐他會吃不消，於是決定道：「除了必要的集體訓練外，其餘時間你便跟李子洋進行二人集訓吧，隊長能幫你鞏固一些基本功，進度會比較快，可以減少操練的時間。」

雖然是麥老師的吩咐，但李子洋似乎不太情願，把雙手交叉在胸前，斜眼盯着胡直，冷笑道：「你不是要退出嗎？怎麼又回來了？你真的想清楚了嗎？我可不要跟一個反覆無常的人搭檔啊！」

胡直一臉堅定地承諾道：「放心，

我不會再放棄的，我保證！」

　　「嘿！我倒想看看你能堅持多久！」李子洋剛說完，便已經運着籃球，轉身往籃球板的方向跑去。

李子洋明顯是示意他上前奪球，胡直自然不敢怠慢，趕緊追上前去。

然而，李子洋的球技是全隊裏最出色的，沒有多少人能成功從他手上奪球。上次胡直和高立民聯手時，雖然曾僥倖成功，但那只是因為李子洋太過輕敵所致，而現在僅憑胡直一人跟他單打獨鬥，想再次從他手中奪球，幾乎是不可能的任務。

過了好一會兒，李子洋見胡直仍然在旁邊繞圈子，卻始終無法突圍，不禁有些掃興，忍不住把籃球往胡直身上一拋，命令道：「現在換我來搶

球，請你好好看清楚，我是如何從你

手上把球奪走的！」

李子洋真不愧為隊長，無論胡直

如何防守，他只消一個快速閃身，胡直手上的籃球就會落在他手上。

正當胡直氣餒得停了下來時，李子洋身子一頓，然後把他們剛才的動作，重新再示範一次，「看好了嗎？如果有人來搶球，你就用這個動作來防守！」

李子洋身手非常敏捷，看得胡直眼花繚亂，不禁由衷佩服道：「嘩，很厲害啊！」

　　「當然，我是你們的隊長啊！」一直板着臉孔的李子洋，臉上總算有了一絲笑意。

籃球訓練本來就不輕鬆，現在為了應付聯賽，要求自然相應提高，所消耗的體力也就更大了。胡直完成籃球訓練後，難免感到疲累，但他回家後仍未能休息，還要應付明天的中文默書。

　　幸好他在校內的溫習時段，已把該做的功課完成了。老師教的課文，也在遊戲的環節中牢牢記住了。當他回家溫習時，不但事半功倍，而且比以前理解得更透徹，不消片刻便溫習完畢。

　　胡直見還有空檔，於是爭取時間

打開電視機，觀看他最愛的卡通片。

胡媽媽看到，不禁疑惑地問：「阿直，明天你不是有中文默書嗎？怎麼還有時間看電視節目？」

「我已經溫習好了！」胡直很有把握地點點頭，「放心吧，這次默書的課文不難，我一定可以取得好成績的！」

「真的可以嗎？」胡媽媽可不敢樂觀。

第二天的中文默書，胡直果然表現出色，還破天荒取得九十分的佳績，他高興極了，忍不住高舉自己的

默書簿，雀躍地歡呼道：「耶，太好了！」

　　高立民從他的笑容裏，找回了久違的自信。

　　吳慧珠眼見胡直一臉春風得意，

再回頭看了看自己的默書簿，低着頭，有些難過地説：「我同樣有用功，為什麼我的成績仍然沒有進步？」

　　文樂心、黃子祺和周志明也深有同感地歎道：「就是嘛！」

　　謝海詩托一托眼鏡，冷冷地看了他們一眼道：「那麼請你們捫心自問，你們真的有按照新的作息表去温習嗎？這就是『一分耕耘，一分收穫』啊！」

## 第八章　巨人倒下了

　　籃球聯賽舉行當天，藍天小學室內運動場裏，擠滿了專程為胡直等人打氣的同學們。

　　今年的聯賽共有八支隊伍參賽，他們會先進行分組淘汰賽，最後再進

行總決賽。

　　藍天小學代表隊在李子洋的帶領下，很快便連勝兩場，順利取得決賽的資格，而跟他們對決的隊伍，是來自同區的白湖小學。白湖籃球隊在區

內的名氣，一直是響噹噹的，實力不容輕視。

胡直看着白湖的隊員進場，發現他們都身子挺直，一副來勢洶洶的樣子，便不禁有些緊張，「他們看起來很屬害的樣子啊！」

李子洋只看了他們一眼，便回頭自顧自的繼續做着熱身運動，嘴角一彎地笑道：「別擔心，兩年前我已經

跟他們交過手，他們都是我的手下敗將，沒什麼可怕的！」

　　旁邊的區振威也立刻和應道：「就是嘛，那次我們還是在連奪三個三分球下，以大比數勝出的呢！」

　　胡直聽得雙眼發亮，惋惜地拍一拍大腿道：「哎呀，可惜當年我還小，

無緣親眼見證如此精彩的比賽呢！」

李子洋哈哈一笑道：「沒關係，今天你可以大開眼界了！」

不一會，比賽正式開始了。

胡直身為隊伍中年紀最小的一員，麥老師並未有即時安排他出場應戰，只以後補的身分，坐在場邊待命。

雖然如此，卻反而讓他有了機會，可以親眼目睹這場勢均力敵的比賽。

　　胡直目不轉睛地盯着李子洋，看着他如何帶領其餘四位隊員，敏捷地躲避對方的攻勢。他們五人相當有默契，開賽沒多久，便突破了敵方的防線，成功為球隊投進了第一球。

　　霎時間，在場的觀眾們都熱烈歡呼，為隊員增添不少士氣。

　　直到此時，胡直才真正見識到李子洋身為隊長的魅力，心中頓時佩服得五體投地。

　　有了好的開始，隊員們更是氣

勢如虹，多次成功從對方球員手中奪過球來，然後傳給李子洋直接入球得分，令他們的得分一直遙遙領先。

然而，不知是否由於李子洋太過鋒芒畢露，令對方對他有所防範，當比賽進入第三節時，對方的球員明顯都以李子洋為目標，全面圍攻李子洋，攔截了他和其他隊員的傳球，令他陷入孤軍作戰的局面。

　　坐在旁邊的胡直自然也看出形勢不妙，但無奈自己並不在比賽場中，只能坐在旁邊乾着急。

　　同樣在旁觀戰的麥老師也有些心急了，不停跟隊員們打着手勢，隔空傳遞戰術。

　　李子洋得到麥老師的暗中指點

後，似乎是有了啟發，故意連續做了兩個假動作，再來一個急轉身，竟然讓他找到空隙，擺脫了那些糾纏他的人，直向着對方的籃板跑去。

誰知他還沒走出兩步，對方的隊員便已經緊追上前，在糾纏之間，李子洋不小心絆了一跤，整個人便摔倒在地上。

李子洋並沒有立刻站起來，而是一臉痛苦地撫着右腳踝，看來應該是受傷了。

麥老師大吃一驚，慌忙跑上前查看，果然發現李子洋的右足踝腫了起

　　來，明顯是在摔倒的過程中扭傷了。

　　隊員和現場的觀眾們，只能既擔

憂又彷徨地看着受傷的李子洋，在麥

老師和醫療人員的攙扶下，離開比賽

場地。

　　　「沒有了隊長，我們該怎麼辦？」

大家一時不知所措。

## 第九章　臨危受命

正當隊員們因為李子洋的受傷而手足無措時，身為教練的麥老師來到大家面前，指了指胡直道：「你來替補李子洋的位置！」

你來替補李子洋的位置！

「什麼？」胡直不敢相信，「麥老師，你是在說我嗎？」

「沒錯！」麥老師非常肯定地點點頭，「剛才對方一直針對李子洋，所以我們一下子被他們牽制住了，但如果換你上場，他們便捉摸不透我們的策略，對我們反而更有利！」

本來只在旁觀戰的胡直，突然被推到激烈的賽場上，心裏難免有些忐忑，但在此緊要關頭，也只好硬着頭皮上陣。

　　隨着評判的哨子聲響起，餘下的兩節比賽，立刻繼續進行。

　　由於胡直只是個寂寂無名的新人，對方的球員及教練對他一無所知，以為他只是個後補的小角色，根本沒有把他放在眼裏。

　　不過，這反而為胡直造就了可乘之機。

　　胡直記起當日跟李子洋練球時，

曾教過他一些應付對手的方法，於是他趁着對手沒注意，出其不意地從對方手上奪過了球，然後一個轉身，便直接往籃板上拋過去。

「啪」的一聲，籃球撞上籃板，

再穿過網框落下來！

所有藍天小學的師生們，無不拍掌歡呼。

身為好同學的高立民、文樂心、江小柔、黃子祺等人，當然更是熱烈地為胡直吶喊助威。

現場的歡呼聲，令一眾隊員士氣高漲，打得越發起勁，很快便把之前失去的分數，一點一點地追了回來，結果成功扭轉劣勢，以三分之差打敗了白湖隊。

比賽完結後，大家把胡直團團的圍了起來，紛紛讚道：「胡直，想不

到雖然你年紀最小，身手倒是不錯，真有幾分李子洋當年的影子呢！」

連一直瞧不起他的學長區振威，也對他豎起了大拇指道：「好小子，原來你深藏不露啊！」

回到教室後，胡直就更是威風八面，人還未踏進教室，已經聽到轟然的掌聲。

高立民和文樂心第一時間衝上前，笑意盈盈地道：「熱烈歡迎我們的籃球王子凱旋而歸啊！」

胡直有點不好意思地笑道：「多謝大家呢！」

　　黃子祺見到這個情況，不禁酸溜溜地抿一抿嘴道：「籃球比賽講究的不是羣體合作嗎？你們把勝利都歸功於他一個人，對其他隊員很不公平啊！」

　　吳慧珠很不以為然地反駁道：「其他的隊員，自有他們班的同學為他們慶祝，而胡直就代表了我們班的榮耀，

我們當然把焦點放在他身上囉！」

　　高立民向黃子祺揚一揚眉，語帶挑戰地道：「你要是也想得到我們英雄式的歡迎，你也可以嘗試去參加比賽啊，說不定就真的能獲獎呢！」

　　黃子祺做了個鬼臉道：「哼，誰稀罕了？」

# 第十章　鬼怪也讀書

　　徐老師推行的温習計劃，不知不覺已經實施了一個多月，還有三個星期便進入考試周了。

　　徐老師為了鼓勵大家更積極學習，決定加推一個獎勵計劃，「如果你們這個學期的功課及考試的總平均分，能比上學期有進步的話，可以獲得神秘禮物一份。而當中進步最大者，更可奪

得『時間魔法師』大獎，你們覺得如

何？」

　　同學們一聽到有獎品，反應熱

烈，紛紛表示要成為時間魔法師。

　　吳慧珠搖晃着謝海詩的手，撒嬌

地道：「海詩，我擔心自己不夠毅力，但我又很想成為時間魔法師，不如你來監督我好不好？」

謝海詩有點哭笑不得地道：「我跟你又不是住在一起，如何監督你

呢？」

吳慧珠為表決心，豎起三根指頭作發誓狀，「我發誓我會努力的，我只是希望有人能在背後推我一把而已！」

在旁的江小柔忽然提議道：「不如放學後，我們一起到學校的圖書館溫習吧，這樣不就可以互相監督了嗎？」

謝海詩目光一亮，「這個主意不錯啊！」

文樂心、高立民、胡直和馮家偉聽見了，也趕緊舉手道：「我也去！」

黃子祺歪着頭，故意唱反調地說：「在圖書館和在家溫習有什麼不同？真是多此一舉！」

　　周志明附和道：「對啊，在家溫習不是舒適得多嘛！」

　　當天下課鐘聲一響，文樂心、高立民、江小柔等人便收拾書包，浩浩蕩蕩地來到一樓的圖書館，圍坐在一張大書桌前，開始溫習功課。

　　這時的圖書館早已沒有學生，四周的環境既寧靜又寬敞，還不時傳來一陣隱約的書香味，

令人精神為之一振，大家很快便能投
入到書本裏去。

　　突然，他們聽到書架的另一邊，
傳來一絲細碎的聲音。

　　「什麼聲音？」文樂心詫異地往

左右張望，但除了坐在借書處的圖書館主任外，並未見到任何人影。

「奇怪，圖書館不是已經沒有別人了嗎？」文樂心喃喃地道。

吳慧珠身子一縮，怯怯地小聲問：「該不會是什麼鬼怪吧？」

　　大家對望了一眼，心頭「咯噔」
一聲，一陣寒意打從心底裏冒出來。
　　文樂心和江小柔霎時變了臉色，
「鬼怪也要讀書嗎？」

膽子較大的高立民「噓」了一聲道：「現在是大白天，哪兒來什麼鬼怪！」

　　他邊說邊拉着胡直，躡手躡腳地沿着那一排排的書架，向着發出聲音的地方走去。

當他們來到轉角處時，高立民大着膽子從書架探出頭來一看，竟然見到黃子祺和周志明兩人，端端正正地坐在一張桌子上溫習，不禁驚訝地喊道：「怎麼會是你們？」

其他同學聽到聲音，也紛紛好奇地走過來湊熱鬧。

高立民歪着嘴角笑道：「怎麼啦，你們不是回家溫習嗎？」

黃子祺見被他們發現了，只好厚着臉皮嘻笑一聲道：「既然你們都來了，又怎麼能少了我們的份兒？」

# 第十一章　真正的時間魔法師

就這樣，他們在書香撲鼻的圖書館，逗留了一個下午。所有人都專心一意地溫習，遇到不明白的地方時，會互相幫忙，令溫習變得更有效率。

大家溫習完畢後，吳慧珠看了看牆上的掛鐘，詫異地説：「嘩，原來只花了一個多小時嗎？按我平日在家的速度，相信連一半也沒完成呢！」

謝海詩白她一眼道：「在圖書館既不能飲食，又不能聊天，省卻不少時間，成效自然高得多啦！」

珠珠吐一吐舌頭，高興地笑說：
「待會兒回家後，我還有時間跟媽媽
學做新菜式呢！懂得分配時間，原來
可以這麼棒！」

文樂心笑着說：「既然如此，以後我們天天都來這兒溫習吧！」

　　於是，他們每天放學後，都成羣結隊地來到圖書館，努力了足足三個多星期，終於順利完成考試了。

　　這天的中文課，當徐老師捧着考卷走進來的時候，所有人都屏息靜氣，特別是胡直。

　　徐老師故意賣關子地環視了大家一眼，才把考卷一份份地分發給同學。

　　當輪到胡直的時候，他緊張得幾乎連路都走不穩了。

徐老師看着他那副戰戰兢兢的樣子，忍不住笑道：「胡直，恭喜你，證明你的努力沒有白費。」

胡直心頭一跳，連忙打開考卷一看，只見右上方的紅筆字，寫着豆大的八十。

「八十分？我沒眼花吧？」胡直揉了揉眼睛說。

徐老師呵呵一笑道：「不單是中文，其他科

你都有很大的進步。證明你除了努力外，也學會適當地分配時間，成為名副其實的『時間魔法師』呢！」

霎時間，教室內掌聲雷動。

「胡直，你很厲害啊！」文樂心由衷地說。

「兄弟，我就知道你一定可以！」高立民很替他感到高興。

胡直不好意思地撓了撓頭道：「我們是一起溫習的，所以大家同樣也很厲害啊！」

「沒錯！」徐老師欣慰地笑着道：「其他同學的表現也很不錯，幾

乎每位同學的成績都有了顯著的進
步，你們都是時間魔法師！」

「耶！沒想到我也能成為時間魔
法師呢！」吳慧珠笑逐顏開。

耶！沒想到我也能成為時間魔法師呢！

謝海詩接着笑道：「只要你肯努力，這又有什麼難的？」

徐老師看着大家興奮的樣子，滿意地道：「這樣看來，我們的溫習計劃成效不錯，所以我決定將這個計

劃，長期推行下去。」

就在這時，黃子祺忽然舉手問：「老師，你說好的獎品呢？」

「對啊，徐老師，我們的獎品是什麼？」同學們都跟着起哄。

徐老師不慌不忙地笑道：「既然大家都得獎，不如這個周末，我帶大家去郊遊燒烤，算是獎勵，好不好？」

難得可以跟同學們一起吃喝玩樂，大家自然都同聲讚好了！

這天晚上，當胡媽媽坐在沙發上看電視的時候，胡直一本正經地高舉雙手，把各科的考試卷，獻寶似的呈

送到媽媽面前。

「古靈精怪的幹什麼？」正專心看電視劇的胡媽媽笑着問，然後隨手翻開考卷看了一眼，不解地問：「你將同學的考卷給我幹什麼？」

胡直挺直身子，指了指自己道：「不是同學的考卷，是我自己的！」

「你的？」胡媽媽驚訝得張大嘴巴，連忙翻開考卷，一張一

張地細閱起來。

　　她臉上的笑容，像一個花蕾乍然盛開，看上去是特別燦爛動人。

　　看到媽媽這張喜悅的笑臉，胡直心裏甜滋滋的，立刻覺得自己這些日子以來的艱苦努力，都是值得的！

## 第十二章　有競爭才有進步

　　這天是籃球隊奪得冠軍後的第一次集訓，麥老師滿臉笑容地嘉許大家道：「你們做得很好，辛苦大家了，特別是我們的隊長李子洋！」

　　大家都興高采烈地鼓掌。

　　麥老師揚了揚手，待大家安靜下來後，才又繼續説：「不過，李子洋在這次比賽中不幸扭傷了足踝，暫時無法出席我們的集訓了。」

　　「他沒事吧？」胡直吃驚地問。

　　「放心，他沒什麼大礙，只要

休息一段時間便會好。」麥老師解釋道，「不過，我們籃球隊不能沒有隊長。所以，在他這段缺席的日子，我們必須選出一位同學來擔任副隊長，作為臨時隊長。對於這位副隊長的人

選，大家有什麼好提議呢？」

麥老師剛說完話，很多人已經七嘴八舌地回答道：「胡直！」

「看來胡直你是眾望所歸啊！」麥老師看了胡直一眼，意味深長地微微一笑，「好，那麼我現在正式任命胡直，出任我們的副隊長。」

根據藍天小學籃球隊的傳統，能出任副隊長一職的同學，十居其九都會成為下一任的隊長。這對於胡直來說，是何等震撼的消息啊！

胡直吃了一驚，連忙搖頭推辭，「不行不行！我的資歷尚淺，怎麼能

擔此重任？」

「為什麼不行？」身後傳來一把粗壯的聲音。

大家回頭一看，哦，原來正是隊長李子洋。

只見李子洋背着書包，一拐一步地來到胡直面前，一臉嚴肅地盯着他，以半命令式的口吻道：「擔心什麼？你不過暫代一段短時間而已，我把我的隊員暫時交托給你，你要給我好好幹，別丟了我的面子啊！」

胡直一見到李子洋，心下立刻有些怯怯的，只好把已經到了唇邊的

「不」字嚥回肚子，順從地答應道：
「好吧，我盡力而為。」

李子洋這才滿意地搭着他的肩

膀，呵呵笑道：「這才是我的好隊友嘛！」

麥老師也笑着讚許道：「胡直，你在這次聯賽中的表現，大家都有目共睹，你要相信自己，也要相信我們的眼光啊！」

「對啊，你一定可以的！」隊員齊聲和應。

胡直霎時感動得説不出話來。

就在這時，一位跟胡直同級的隊員，忽然從人叢中冷冷地插話道：「不過，你可別鬆懈啊，我們每個人都很可能隨時超越你，把你的副隊長

職位搶過來，取代你啊！」

　　麥老師點點頭笑道：「說得很對！有競爭才有進步，適當的壓力，反而有助大家一同成長呢！」

　　「好，你們放馬過來吧！」胡直邊說邊捧起籃球，一個轉身便往籃球

板衝去，其他人也趕緊追上前去，展
開另一場的爭奪戰。

# 適合喜歡天馬行空、
# 奇幻故事的孩子閱讀的橋樑書

壹 奇幻的仙法初現

孔嵐、龍爽、程小黑和戴樂天四人原本只是普通的小學生。一次意外，他們被一個大漩渦捲入了仙境之中，見到了傳說中的九天玄女。從九天玄女口中他們得知自己竟非凡人，而是天界四大門派派遣下凡修行的弟子。他們該如何適應自己的新身分呢？面對作亂人間的妖魔，他們又該如何行動？

# 各大書局有售！　　定價：HK$68 / 冊

 新雅文化　　www.sunya.com.hk　 Like　新雅文化 　 sunya_hk

# 鬥嘴一班學習系列

- 每冊包含《鬥嘴一班》系列作者卓瑩為不同學習內容量身創作的 全新漫畫故事，從趣味中引起讀者學習不同科目的興趣。
- 學習內容由不同範疇的專家和教師撰寫，給讀者詳盡又扎實的學科知識。

## 本系列圖書

### 英文科
漫畫故事創作：卓瑩
學科知識編寫：Aman Chiu

最新出版

精心設計 36 個英文填字游戲，依照生活篇、社區篇、知識篇三類主題分類，系統地引導學習，幫助讀者輕鬆掌握英文詞語。

### 中文科
漫畫故事創作：卓瑩
學科知識編寫：宋詒瑞

成語

錯別字

兩冊分別介紹成語的解釋、典故、近義和反義成語；以及常見錯別字的辨別方法、字義、組詞和例句，並提供相應練習，讓讀者邊學邊鞏固知識！

### 常識科
漫畫故事創作：卓瑩
學科知識編寫：新雅編輯室

透過討論各種常識議題，啟發讀者思考「健康生活、科學與科技、人與環境、中外文化及關心社會」5 大常識範疇的內容。

### 數學科
漫畫故事創作：卓瑩
學科知識編寫：程志祥

精心設計 90 道訓練數字邏輯、圖形與空間的數學謎題，幫助讀者開發左腦的運算能力和發揮右腦的創造潛能。

**各大書店有售！**　　　定價：$78 / 冊

**鬥嘴一班 23**

# 時間魔法師

作　　者：卓瑩

插　　圖：Alice Ma

責任編輯：葉楚溶

美術設計：陳雅琳　鄭雅玲

出　　版：新雅文化事業有限公司

　　　　　香港英皇道 499 號北角工業大廈 18 樓

　　　　　電話：(852) 2138 7998

　　　　　傳真：(852) 2597 4003

　　　　　網址：http://www.sunya.com.hk

　　　　　電郵：marketing@sunya.com.hk

發　　行：香港聯合書刊物流有限公司

　　　　　香港荃灣德士古道 220-248 號荃灣工業中心 16 樓

　　　　　電話：(852) 2150 2100

　　　　　傳真：(852) 2407 3062

　　　　　電郵：info@suplogistics.com.hk

印　　刷：中華商務彩色印刷有限公司

　　　　　香港新界大埔汀麗路 36 號

版　　次：二〇二一年三月初版

　　　　　二〇二三年三月第二次印刷